꿈이 다시

나를

찾아와

불러줄 때까지

꿈이 다시
나를
찾아와
불러줄 때까지

이순자 유고 시집

서문

이것은 유고 시집이 아닙니다

이문재(시인, 경희대 후마니타스칼리지 교수)

이순자 시인을 처음 만난 순간이 눈에 선합니다. 어느덧 16년이 흘렀네요. 2006년 2월 하순, 아마 주말 오후였을 겁니다. 경희대학교 청운관 강의실, 경희대 병설 고등교육기관인 사이버대학교 신입생 오리엔테이션 시간이었습니다. 사이버대학은 학생들이 젊지 않습니다. 특히 문예창작학과 학생들은 평균연령이 높습니다.

이 시인(당시 만학도였습니다)은 몸집이 작았습니다. 〈누가 이 사람을 모르시나요〉라는 노래의 가사가 떠올랐습니다. '얌전한 몸매의 빛나는 눈.' 꼭 그랬습니다. 시인은 강의실 앞으로 나가 눈을 반짝이며 이렇게 말했습니다.

"두 아이를 다 키웠으니, 이제부턴 제가 하고 싶은 공부를 하고 싶습니다."

그 공부가 문학이었습니다.

그해 봄 학기는 저에게도 처음이었습니다. 그전에 예술대학 문창과에서 강의를 했지만, 온라인 강의는 처음이었습니다. 강의안을 2~3주 전에 준비하고 카메라 앞에 서야 했습니다. 첫 일 년 동안은 한 학기에 서너 과목을 맡았습니다. 06학번 학생들도 낯설고 불편했겠지만, 저도 정신이 없었습니다.

그럼에도 제가 숨을 쉴 수 있었던 것은 매달 한 번씩 나이 많은 문학청년들을 만났기 때문입니다. 학교 차원에서 온라인 강의를 보완하기 위해 오프라인 스터디 그룹을 운영했습니다. 제가 맡은 시 창작 교실은 '서지(西池)'라고 이름 지었습니다. 다산 정약용이 서울에서 친구들과 시회(詩會)를 갖던 장소 중 하나가 서지였습니다. 거기서 따온 것이지요.

이순자 시인은 서지 창립 멤버 중 하나였습니다. 매우 열성적인 문청(文靑)이었습니다. 몸이 불편한데도(청각 장애를 가졌습니다) 초롱초롱한 눈망울로 스터디에 참석했습니다. 다른 학생들은 고개를 숙이고 시를 읽거나 제 '지청구'를 들었는데, 이 시인은 언제나 제 얼굴을 빤히 쳐다

보았습니다. 귀가 아니라 '눈으로 들어야' 했기 때문이지요. 지금 생각해보면, 이 세상에서 제 입술을 가장 많이 쳐다본 사람이 이 시인이 아닐까 싶습니다.

우리의 서지는 오랫동안 이어졌습니다. 대학을 졸업하면 스터디에 참석하지 말아야 하는데, 서지는 '졸업'이 없었습니다. 한때는 오프라인 강의실에 40명 넘게 모이기도 했습니다. 제가 경희사이버대를 떠나 경희대로 자리를 옮겼는데도 서지는 계속됐습니다. 06학번들과는 10년을 그렇게 지냈습니다. 스터디에서만 만난 것이 아닙니다. 경조사가 있으면 서로 연락했고, 꽃이 피었다고 단풍 든다고 '번개'를 하기도 했습니다.

돌아보면, 제게 서지는 단순한 시 창작 교실이 아니었습니다. 학연을 넘어 거의 '혈연'에 가까운 사이였습니다. 사제지간은 끈끈했습니다. 뒤늦게 결혼하는 졸업생은 물론이고 자녀 결혼식 주례를 서기도 했습니다. 자연스레 학생들 가족도 알게 되었습니다. 덕분에 포항, 통영, 여수, 강화, 제주 등 곳곳을 방문해 '즐거운 민폐'를 끼쳤습니다. 저는 시보다 시인의 삶이 더 커야 한다고 생각하는 편인데, 만학도들과 함께 문학을 논하면서 제 삶이 조금은 커졌을 것입니다.

뒤늦은 고백인데, 저는 '못된 선생'이었습니다. 의도한 것은 아니지만, 학생들에게 상처를 많이 줬습니다. 일테면, 시인이 되고자 하는, 다시 말해 등단하고자 하는 만학도들에게 다음과 같이 찬물을 끼얹을 때가 종종 있었습니다.

"등단은 중요하지 않다. 등단은 누구나 할 수 있다. 어떤 시를 쓰느냐, 어떤 시인이 되느냐가 더 중요하다."

이렇게 말하기도 했습니다.

"등단했다고 내게 알리지 마라. 첫 시집을 제대로 낸 다음에 연락해라."

그래서인지 누가 등단했다는 '뉴스'를 제가 가장 나중에 알게 되었습니다. 이순자 시인도 그랬습니다. 문학상을 받거나 공모전에 입상했을 때도 제게 알리지 않았습니다. 2016년 서지가 해체된 뒤에야 이 시인은 근황을 문자로 알려오곤 했습니다. 이번 시집에 나와 있듯이 시인은 거처를 자주 옮겼습니다. 쌍둥이 손녀들의 할머니가 된 이후에는 여기저기에 투고하는 한편, 일자리를 구하려고 동분서주했던 것 같습니다. 거주지를 자주 옮긴 것도 '실버 취업'과 무관하지 않았을 겁니다.

저는 이 글의 제목을 '이것은 유고 시집이 아닙니다'라고 붙였습니다. 그렇습니다. 이 시집은 분명 유고 시집입니다. 시인은 지난해 여름, 우리 곁을 떠났습니다. 그럼에도 유고 시집이 아니라고 주장하는 이유가 있습니다. 오래전에 장정일 시인이 지적했듯이 "모든 시는 유고시"이기 때문입니다. 문학적 레토릭(rhetoric)이 아닙니다. 엄연한 사실입니다. 모든 시는 지면에 발표되는 순간 시인의 손을 떠납니다.

발표된 시는 독자의 몫입니다. 발표된 시를 '자기 것'이라고 고집하는 시인은 미성숙한 시인입니다. 발표된 좋은 시는 스스로, 오직 자기 힘으로 독자와 만납니다. 시는 독자와 만나는 순간, 아니 독자와 만나야만 시가 될 수 있습니다. 독자의 마음속에서 다시 태어나는 시, 그런 시가 좋은 시입니다. 그런 시는 결과적으로 그 시를 쓴 시인도 다시 태어나게 할 겁니다.

우리는 이제 이순자 시인이 남기고 간 시를 시 자체

로 만나야 합니다. 시에서 시인을 분리하고 '시' 자체를 만나는 것, 시를 우리 삶의 안쪽으로 초청하는 것, 그리하여 우리가 새로워지는 것, 그것이 시에 대한 예의라고 저는 생각합니다. 이것은 저만의 시론이 아닙니다. 일찍이 라틴아메리카의 시인 호세 에밀리오 파체코도 다음과 같이 주장했습니다.

"나는 시의 절반만을 씁니다. 내가 스케치한 시를 완성하는(혹은 완성하지 않는) 것은 독자들입니다."

전적으로 동의합니다. 독자는 결코 이차적, 수동적 존재가 아닙니다. 좋은 독자는 시인입니다.

이 시집은 자서전으로 읽힙니다. 화자의 자전적 서사를 펼쳐나가는 동력은 가족입니다. 위로는 부재로써 존재하는 아버지, 그리고 전쟁터에서 돌아오지 못한 남편을 그리워하는 힘으로 5남매를 키워낸 어머니가 있고, 살림 규모가 어마어마한 종갓집이 있습니다. 시의 화자는 '결핍으로 충만한' 성장기를 거쳐 종갓집 며느리가 된 이래 자기 앞의 생을 정면으로 돌파합니다. 외면하거나 핑계를 대지 않습니다. 딸에서 며느리로, 어머니로 거듭난 그는 이윽고 노년에 접어듭니다.

놀라운 것은 그녀의 연민과 헌신입니다. 테레사 수녀를 떠올리게 할 정도입니다. 두 손발을 잃은 청년, 암에 걸려 남편에게 버림을 받은 여인, 치매에 걸린 성질 고약한 독거노인, "할아비보다 딱 하루 더 사는 것이 소원"인 할머니, "아들이 갈 때까지 눈을 뜨지 않는" 할머니, "안녕하세요"라는 인사를 건넬 수 없는 암 병동 환자 등 그녀는 사회적 약자들에게 각별한 애정을 쏟으며 생의 후반기를 통과합니다.

그녀의 직업은 실로 다양합니다. 호스피스, 요양보호사를 거쳐 급기야 기초생활 지원금을 받는 '독거노인'으로 살아가지만 생에 대한 존엄을 잃지 않습니다. 함부로 자기 연민에 빠지지 않을 뿐만 아니라, 노인을 인간으로 대하지 않고 한낱 지원 대상으로 취급하는 국가와 사회에 대한 분노를 감추지 않는 것도 그 때문일 것입니다. 뒤늦게 시를 붙잡고, 끝끝내 시의 마음을 놓지 않았기 때문일 것입니다.

시인이 우리에게 남기고 간 '스케치'를 우리가 완성해야 할 때입니다. 제게는 다음과 같은 구절들이 가슴을

치고 들어옵니다. “내가 사랑하는 사람을 위해/나를 사랑했던 사람을 위해/ 한 땀 한 땀 수를 놓는 일”(〈이순 즈음〉), “사람이 반가운 내 습관” 때문에 평생 문을 잠그지 않는 버릇(〈도둑맞은 기억〉), “부족한 사람이 모이면 다 괜찮다”(〈아름다운 세상〉), “보랏빛 스란치마 입고/사락사락 걸으시던” 어머니의 산소를 찾아 가지찜을 대접하고 제비꽃 꽃반지를 끼워주는 딸(〈보랏빛 꿈〉) …… 이외에도 저로 하여금 시를 이어 쓰게 하는 시가 적지 않습니다.

진정한 애도란 무엇일까요? 누군가가 태어나고, 또 누군가가 세상을 떠나는 것을 지켜보며 우리는 삶을 영위합니다. 그 누구도 탄생과 죽음 사이에서 벗어날 수 없습니다. 배웅과 마중 사이라고 해도 좋겠습니다. 거듭 말씀드리지만, 이것은 유고 시집이 아닙니다. 이순자 시인의 온전한 시집이자, 우리가 “가만히 받아 안”아야 할 좋은 시집입니다.

저는 이번 시집에서 애도의 자세를 다시 배웠습니다. 다음에 인용하는 시를 여러분과 함께 읽으며 애도의 새로운 차원을 공유하고 싶습니다. 이 애도가 마지막 배웅으로 끝나지 않고 새로운 마중이 되기를, 그리하여 고인의 시가 우리 독자들 마음 안에서 매번 다시 태어나길 기원합니다. “어제와 함께 살” 수 있을 때, 어제가 어제다워지고 오늘이 오늘다워진다고 저는 생각합니다.

나를 어제처럼 살게 하지 마시고
어제와 함께 살게 하소서
……
내게서 떠나는 것들이
조용히 문지방을 넘게 하시고
다가오는 것들을
가만히 받아 안게 하소서

—〈신년의 기도〉 부분

차례

2부 내가 걸어 들어간 길

3부 나는 몸으로 가장 감명 깊은 인생을 살았어

4부 아무렴 단풍만 한 아름다움이 있으랴

5부 목숨은 목숨을 딛고 살아가고

일러두기

이 책은 작가 사후 유가족과 협의를 거쳐 출간하는 유고 시집으로,
작가가 생전에 집필하고 정리한 시 원고를 저본으로 삼아 편집하였습니다.

1부

오직 사랑이다

보랏빛 꿈

가지꽃이 피었다
가지꽃 진 자리에
엄마 눈망울만 한 열매들 달렸다
저 보라색 열매들이 한 뼘쯤 자라나면
찜통에 살짝 쪄 내
배를 가르고
묵은 된장에
양파와 마늘 다져 넣고
풋고추와 파도 송송 썰어 넣고
참기름 방울방울 떨어뜨려
가지 배 속 꼭꼭 눌러
가지찜장 담아야지

보랏빛 스란치마 입고
사락사락 걸으시던

고향 가는 먼지 뽀얀 길 지나면

놀빛에 물든 엄마 집

상석에 앉아

이밥에 시큼시큼 익은 가지찜장

척 올려놓아

아, 크게 한 입 먹여주고

무덤 옆

여기저기 핀 제비꽃으로

손가락마다

꽃반지 끼워주고 와야지

문간방 순진네

일곱 살 순진이 맴맴 맴을 돈다
아버지 약주 받으러 갔다가
덤으로 얻은 술지게미
사카린 떨어뜨린 달달한 맛에
한 술 두 술 맛나게 퍼먹더니
마당에 묶인 복돌이 앞을 맴맴 맴을 돈다
복돌이도 덩달아 맴맴 돈다
약주 오른 늙은 아버지 너털웃음에
복사꽃처럼 붉은 볼 쓰러질 듯 잘도 돈다
약주에 취한 아버지와
술지게미에 취한 어린 딸
나란히 뉘어놓고
찌그러진 주전자 탈탈 털어 마시고
딸이 먹던 술지게미 닥닥 긁어 먹고
아이에게 팔베개 베어주고 순진네도 잠들었다

아버지의 바리톤과 어머니의 알토와
순진의 가르릉 앓는 소리
단칸방에 복사꽃 향기 무장, 무장 피어나
빈 쌀독에 담고 싶은 정경이다

문풍지 바르는 날

매미 소리 물러난 자리
울 넘던 바람 되짚어 와
쓰르라미 외로운 장단에 맞춰
문풍지를 흔들어댄다

가을볕 따스한 날 잡아
부자(父子)는 문짝들을 떼어
한 해 동안 찌든 먼지 살살 닦아내고
탱탱한 풀주머니
창호지에 돌리고 돌리면

이쪽에서 시어머니 푸우,
저쪽에서 며느리 아, 푸우,
할머니 지팡이 끝 따라
손자들도 푸우푸우

젖은 마음 살살 녹여주는

여기서 끄떡
저기서도 끄떡끄떡
부침개 부쳐놓고
모처럼 온 식구 장단 맞춰
그동안 밀린 마음 맞추는 날

오래된 양식

뒷마루에 앉아 꼬박꼬박 조시던 아흔네 살 뒷집 할아버지
사립문 들어서는 나와 눈 딱 마주치자 멋쩍게 웃으시며
오래 살아 자식에게 미안하고 젊은 사람들 보기 부끄럽다며
혀를 끌끌 차시더니
목젖에 그렁그렁 혼잣말 고여놓고
지나가던 바람말처럼
작년에 갖다준 쌀가마니 구석에 처박아놓고
끼니마다 매식하는 저 자식들 늙어 수족 없어지면
뭐 먹고 살려고 그러는지 궁싯궁싯 구부정한 허리
한숨 타고 더 깊어진다

죽어도 자식 신세 지지 않겠다며 다짐하듯 일어서

바짓가랑이에 든 진흙 툭툭 털며
— 구찮아, 구찮아
사는 게 구찮은 건지
일하는 게 구찮은 건지
생각하는 게 구찮은 건지
갈아엎은 무밭에 망연히 서 계시다
배추씨 허리춤에 꿰 차고
저녁놀 마주 보며 눈물 그렁그렁
정년 퇴임할 아들 걱정하며 배추 파종을 한다

사랑 1

등굣길에 퍼지는 낭랑한 소리
ㅡ밥 좀 주세요오
얼어 터진 어린 손이
이화장* 앞 골목길 돌고 돈다

새로 이사 온 양옥집 의사 사모님
아침마다 수복이 깡통 채우더니
아예 양자로 들여
새 양복 입혀 학교에 보냈다

일주일 후
도망친 수복이

저 기다리다 병이 난 사모님 앞에
새카만 주먹으로 눈 비비며

— 할아버지는 내 손이 약손이래요
서럽게 울다
움막집으로 돌아갔다

학교 가는 길
아침마다 밥그릇 들고나와
기우뚱
수복이 기다리던 사모님
아기를 가졌다고 온 동네 소문났네

앞배가 점점 불러오는 사모님
— 다 수복이 덕이라고

* 고 이승만 전 대통령의 사저.

사랑 2

스물한 살, 산재병원 환자 방문 갔던 길
— 누가 손톱 좀 깎아주실라우?
감전 사고로 두 손발 절단당한 청년
허랑한 팔다리 흔들며
어디 두고 보자는 얼굴이다

환자복 팔꿈치와 무르팍 걷어붙이고
눈물에 눈물을 보태는 일은
아무나 할 수 있는 일
그렇게 하지 않기로 했다

— 손톱부터 깎아드릴까요
  발톱부터 깎아드릴까요
  에이, 머리부터 깎아야겠네

두 손발 묶여 혀를 깨물던 그가
머리로 축구를 하기까지
수녀님 입술은 늘 터져 있었고
돌아서 울기도 많이 하셨다

일 년여 재활 전쟁으로
침상에서 데구르르 굴러
휠체어를 타고
짧은 두 팔에 식판을 얹고 와
기역 자 수저를 팔뚝에 꽂아주면
익숙한 수저질로 맛나게 밥을 먹는다

삶은 때론 전쟁
전쟁에서 이기는 유일한 무기는
오직 사랑이다

사랑 3

국군 훈련복에 총을 메고 있는
한 번도 뵌 적 없는 아버지 사진이
혼자 안방 벽을 차지하고 있다

라일락 꽃무늬 한복 차려입고
곱게 화장도 하고
아버지 연금 타러 보훈청 다녀오신 어머니
저고리를 벗다 말고 뭉게구름 따라
반나절 품을 팔고 있다

툇마루에 속적삼 바람으로 앉아 있는 어머니
소금기 진한 눈물 툭 떨어진다
눈물 찍어 문지방에 아버지 이름 쓰는 나를
오래 쳐다보더니
안방에 걸린 아버지 사진을 가리키며

— 아버지 참 잘 생겼쟈

사랑 4

그녀가 갇혔다
꼼짝없이 잡혔다

암세포가 온몸에 퍼졌어도
통증완화제를 거부하던 그녀가
약을 받아들이며
마지막으로 택한 것은
구차한 생명 연장이 아니라
남편과의 하루였다

수년 전 다른 여자에게 마음 뺏긴 남편과
죽기 전 함께 마지막 시간 보내고 싶다는
그녀의 간절한 소망은 받아들여지지 않고
그러나 그녀는 생명을 포기하는 것보다
사랑을 떠나보내는 것이 더 힘들어 보였다

마지막 통증과의 사투 벌이며

하느님이 거저 주신 생명

죽는 날까지 사랑하기로 마음먹었다며

냉장고에 남편 사진 붙여놓고

접시꽃처럼 하얗게 웃던 그녀

사랑받기보다 사랑하게 해달라는

그녀의 간절한 기도가 하늘에 닿았는가

사랑은 은총이었다는 말을 남기고

그녀가 떠났다

사랑 5

재작년 돌아가신 지인의 처가 왔다

구정에 아빠가 세뱃돈 주었다는
딸아이 꿈 이야기하며 웃길래
이제 방에 들어가서 자냐고 묻자
금시 눈 밑 벌게져
아직도 소파와 거실을 오르내리며
가위에 눌린단다

유품 정리는 끝났는지 조심스레 묻자
신발장에 구두 한 켤레 남았다며
신발 버리는 것이
이생에 남긴 남편의 마지막 발자국
지우는 것 같아 그럴 수 없었다고

나는 차마

신발을 버리라 말할 수 없었다

사랑 6

— 선물

계촌 할아버지 십여 년째 깎지 못한
촛농처럼 구부러진 손톱
건드리기만 해도 자지러지게 죽는 시늉이다
선풍기 회전하듯 할머니 바라기인 할아버지
할머니는 냇가에 앉아 똥 묻은 속바지 빨고 있다
흐르는 냇물에 절레절레 흔들어
방망이로 살살 두드리다가
얼어 터진 손으로 치댄다
엄동설한에 고무장갑도 없이
비누도 없이

자활센터에서 싣고 온 장작을 마당 한쪽에 부려놓자
할머니 부엌에서 아기 머리만 한 배 하나 안고 나온다
그 큰 배를 둘로 쪼개 두 손에 하나씩 들려주며
늙은이들은 이가 없어 못 먹는다고

거짓부렁에 손사래까지
이 배는 한 달 전 크리스마스 선물로 보낸 과일 중 하나다

읍내에 좋은 요양원 생겼으니 할아버지 요양원 보내드리고
할머니도 좀 편히 지내시라 여쭈니
— 우리 할배는 선물이오, 선물 하늘이 준 귀한 선물
할아비 없으면 무신 힘으로 아침밥을 지으러 일어날 것이여
기역 자로 꺾인 허리 곧추세우며 정색을 한다

할아버지 똥에서 누룽지 냄새가 난다는 할머니
할아비보다 딱 하루 더 사는 것이 소원이라며
민망해서 볼 빨개져 호탕하게 웃는 할머니

목젖, 환하다

수제비달

달 떴다
엄마 얼굴 떴다
엄마 나이만큼 주름진 달
엄마 무릎에 혼곤히 잠들어
인조 속치마처럼 곱게 주름 잡힌
내 얼굴도 떴다

달 떴다
어머니 손에 하얀 반죽 떴다
어머니 얼굴처럼 동그랗게 떴다
손가락 두 개 펼치면
눈가에 고운 주름잡고
냄비 속에 퐁당 떨어트린 달덩이

수제비달 떴다

꽃 말

네 살쯤 되었을까
눈에 볼에 입가에 조랑조랑 달린
수수꽃다리 같은 웃음꽃
지하철에 어린 꽃 피었다

어린 꽃에 붙들려
한참을 쳐다보다
마침 텅 빈 객차 안
얼굴로 할 수 있는 말을 던져본다

눈 돌리기, 볼살 떨기, 펭귄입 하기, 혀 돌리기

소통엔 문제가 없다
처음엔 힐끔거리다가
차츰 방싯방싯 웃다가 따라 하다가

저도 질 수 없다는 듯
카디건 안 실밥 하나 뜯어 보여준다

두 손 공손히 내미니
도리도리
작은 손 겨드랑이에 넣었다가
빈손 내미는
하, 마술 솜씨 제법이다

눈가에 두 주먹 비비며 우는 척하니
얼레리꼴레리
손가락질
까르레레
꽃망울 터지듯 웃음꽃 피었다

아침밥

밥을 푼다

밥 먹는 것도 귀찮은데 한 주걱 덜어내다
아니야, 허기지면 외로워져
두 주걱 쌓아 올려
식탁에 김 하나
삭힌 고추와 김치 보시기를 꺼내놓고
김에 싸서 한 입 물자 입이 깔깔하다
살살 김 부스러기를 헤치고
한 주걱 푹 덜어낸다

내 이름 달고 첫울음 울던 우리 딸
앙증맞기도 해라, 한 입
엉금엉금 기어와 자는 나를 깨우던
순둥이 예뻐라, 한 입

병아리색 원복 입고 삐악삐악
귀여운 말괄량이 삐삐, 한 입
멜빵 치마에 흰 블라우스 받쳐 입고
피아노를 친다, 최우수상 한 입

가스나 혼자서 잘도 자란다
시집가는 것도 아닌데
흰 드레스 차려입고 무대 위 장악하던 성악가
미스코리아보다 더 이쁘네 아까워라
눈 흘기며 꾸역꾸역
삐져나오도록 밥을 퍼 넣는다
나보다 훌쩍 커버린 딸을 수녀원에 보내놓고
밥이 나를 먹는다

새치

화장대 거울에 붙어 있는
몇 올의 흰 머리카락

나도 그랬다
거울 앞에서 눈 흘기며
족집게로 새치 뽑아
거울에 붙여놓고
내 신산한 세월 같아 떼지 못했다

내가 새치를 뽑을 때
단발머리 소녀였던 딸아이
그새 사십 줄에 들어서
엄마가 하던 짓 그대로 한다

화장대에 붙여놓고 간 흰 머리카락 몇 올

딸아이 마음 훔쳐본 것 같아

얼른

휴지에 싸서 화장대에 넣었다

차마 버리지는 못하고

놋 주발

어머니는 저녁마다 놋 주발에 첫 밥을 퍼
이불 속에 품고 주무셨다

아버지 시신 없는 전사 통지서 받고 어쩌면 중국이나 일본, 아니면 멀리 소련에서라도 생환 소식 들려올까 날짜 지난 반장 집 신문 주워 와 사진만 들여다보시더니 오빠 결혼하고 '이게 네 아버지 밥그릇이다' 내어주신 후, 어머니는 가끔 연탄재를 지푸라기에 묻혀 수돗가에 주저앉아 놋 주발을 영등과 같이 닦아 햇살 가득 담아놓고 놋 주발을 향해 복사꽃처럼 웃으셨다

병 깊어지신 후 가끔
네 아버지 밥그릇 어쨌냐며
올케를 닦달하시던 어머니
어머니 여의고 이제 와 생각하니

어머니 무덤 속에
주발 하나 넣어드릴걸
이불도 한 채 넣어드릴걸

대장 새 되어

어머니 49재
이승에 머무는 마지막 날

산소 옆 공터에서 유품을 태우는데
강(江)도 없는 산골 마을의 동산
벌건 봉분 위로
난데없는 철새 떼
수백 마리 솟구쳐 군무를 추더니
맞은편 등성이를 향해
열을 지어 비행한다, 천천히

장조카 앞장선 길잡이 새를 가리키며
— 할머니 대장 새 되어 날아가시네

꽃비

바람 불어와
바람의 등 밀자
나뭇가지 흔들렸어요

가지에 걸린 바람이
시위 당기자
꽃들의 풀무질
꽃잎 흔들어대
꽃비가 내렸지요

봄의 정령
달콤한 향내
온몸에 꽃물 들였네요

2부

내가 걸어 들어간 길

사까닥질

어린 계집아이 낭랑한 노랫소리가
골목길 채우면
폴짝
땅이 하늘이 되던

땅 짚은 손바닥이
쭈욱 쭉
하늘 향해 발길질하면
하늘이 땅이 되던

누가 누가 더 높이
까치발로 키 키워
하늘과 땅을
바꾸어 놀던

어릴 적 아르바이트

— 새벽길

아홉 살 계집아이
물지게 지고 간다.

찰딱찰딱
초롱 속 물따귀질,
물따귀질 따라
어린 몸이 끌려가는데

한 계단 오를 적마다
엎어지는 초롱 한 발,
초롱 한 발 따라
여린 종아리와 물지게의
팽팽한 샅바 싸움

또 한 계단 올라서며

뒤로 가는 초롱 당기려
한껏 웅그린 곱사등,
곱사등이 어린 등에
지게 나비 훨훨

밭은 숨결 따라
새벽 눈길 걸어가는
얼음 박힌 나비 발자국,
나비 발자국 따라
물지게 찰랑찰랑 날아간다.

둥근 가슴

살인미수 혐의로 오빠가 잡혀갔다

혼자되신 어머니를 희롱하는 현장에서
벌벌 떨며 울고 선 여동생들 앞을
전사처럼 돌진하던 오빠

골목마다 어머니 고무신
사흘 낮 밤 돌고 돌아
동네 어른들이 써준 진정서로
경찰서에서 무사히 돌아온 오빠

세상을 이길 수 없을 땐
등뼈를 둥글게, 둥글게
구부리던 어머니

직선을 돌리면 원이 되듯
어머니 둥근 가슴엔
무수한 화살 꽂혀 있다

그리움

아버지 연금 타온 날 밤
무슨 소리에 잠에서 깨어났다
어머니 눈은 질끈 감긴 채 용을 쓰고 있는데
누워 허우적거리는 깨금발
신음 속에 들리는 한 번도 들어본 적 없는
여보,
왜 그런지 나는 어머니를 깨울 수 없었다

동트기를 미루는 새벽달처럼
몸 뒤채며 아침을 미루던 날
어머니는 아침 내내 눈을 끔뻑이며
오 남매 눈을 피하셨다
붉은 해를 향해
발걸음마다 찍힌 울음 같던 한숨

그날 저녁,

어머니는 막걸리 한 되 받아놓고

아버지 이름을 노래처럼 부르셨다

가락을 탄 아버지 이름이

달무리 위로 흔들리던 밤

나 또한 뜻 모르게 외롭고 슬프고 서러웠다

유복자(遺腹子)

전쟁에서 돌아오지 못한 아버지는
밤마다 꿈속에서 나를 쫓았다
어머니가 짚 더미 속에 나를 감추고
아버지는 집에 들어서자마자
나를 찾아내
얘가 누구냐며 고함을 질렀다
뒤란 담을 뛰어넘어
들판을 가로질러 달리고 달리다
해골이 우글거리는 도랑에 빠졌다

중학교 2학년 때
친구 아버지 따라 처음 영화관에 갔다
친구 아버지의 어깨를 주무르며
진한 담뱃진 내 쿵쿵 맡으면서
그러면서 그러면서도 아버지라는 이름은 낯설었다

친구 아버지가 돌아가셨다는 소식 듣던 날
국립묘지 무명용사 탑에서
아버지 이름을 만나고 나오는 길
어머니가 전사 통지서 받던 날
다 떨어졌다던 흰 목련 꽃잎이
하염없이 떨어지고 있었다

그날 밤, 꿈속에서
도망치는 나를 물끄러미 쳐다보던
육군 중위 아버지
밤마다 불러서 다 해진 이름이여
어머니 가슴에 인장처럼 찍혀
낯익어서 낯선 이름이여

아버지!

나, 잠들고 싶어라

엄마가 미역에 싸 먹은 세코날 냄새가
(이게 아빠가 전쟁 막바지에 휴가 와서 주고 가신 미제 수면제래요)
내 잠을 흔들어요, 엄마는 노랑 물을
우웩 우웩 토하고
나는 꿈속에서 '너는 누구냐' 묻는 아빠에게 쫓겨 다니고
노란색을 보면 오줌 냄새가 나요
엄마는 노란 위액과 함께 오줌을 쌌거든요
내 몸의 뼈들이 삐걱거리는 소리에 놀라 깨면
나는 투명한 눈물을 적셔 가느다란 눈썹으로
아픈 내 몸을 씻어 내리곤 해요
엄마의 눈물이 내 어깨를 적시던 그때처럼요

밤새 사람들 꿈에 시달린 새벽달

흐리게 졸고 있네요

비밀인데요,

찬장 밑에 숨긴 건 수면제가 아니고 진통제랍니다

저걸 다 삼키고 잠들면 엄마한테 갈 수 있을까요

신나게 탭댄스를 추면서 말예요

바퀴의 계보

엄마의 바퀴

우리 집 하루는 재봉틀 바퀴가 굴렸다
바퀴 돌아가는 소리에 맞춰
그날 할 일들이
달달달 달달 풀어져 나왔다

바퀴 소리 안 들리는 날
배고픈 하루는 멀고
바퀴 돌아가기 시작하면
창자 속 허기 굴러다니는 소리 맞춰
일부러 우리는 크게 말하며 크게 웃었다

바퀴가 아주 멀리 다녀올수록
어머니 낯빛 닮은 누런 봉투에

시험지 값이 담기곤 했는데

그래도 오 남매는 제 욕심껏 성장해

바퀴 소리 끊긴 지 한참 된

어느 저녁,

— 고오장 난 시계 라디오 재봉틀 삽니다

어머니 시선이 잠시 재봉틀에 머물더니

고개를 흔들었다

오 남매도 따라서 고개를 흔들었다

언니의 바퀴

미싱 바늘이 엄지손톱을 관통했다

순간, 굽은 등이 멈췄다

엄지손톱 중앙에 박힌 바늘

빼도 박도 못하고 파랗게 질려간다

연탄난로 위 주전자는 들끓고
창틀 사이 비집고 든 햇빛
드르르 한 줄에 박혀
손톱 밑에 박힌 영겁 같던 시간

저 미싱으로
두 오빠 장가가고
작은언니 시집가고
아파트도 마련했는데

그런데 언니는 알까?
야근하고 돌아와
휘휘 둘리던 내 머릿속 바큇살

벚꽃 장사

창경원에 벚꽃 피면 문간방 아줌마
매일 아침 계란 한 솥 삶는데요
깨진 계란이라 못 팔았다며 방마다 계란 돌릴 때도 있는데요
아무리 살펴봐도 내 눈엔 실금하나 보이지 않던데
엄마는 우리를 향해 눈을 끔벅이고 아줌마는
침을 퉤퉤 뱉으며 지폐를 세었지요
아줌마 말로는
맘씨 좋은 아저씨가 계란 몽땅 사고 웃돈까지 얹어 주었다는데요
계란 한 알 먹지 않고요

어느 날
중학생인 아들이 엄마한테 두 눈 부릅뜨고
'계란 장사만 나가봐라 내가 집 나가지' 소리를 질러

댔는데요

　　알고 보니 창경원 뒤뜰에서 어떤 아저씨가

　　엄마 저고리 앞섶에 손 넣고 있는 걸 친구들과 함께
소풍 갔다 봤다네요

　　문간방 아저씨 꽃무늬 적삼을 갈기갈기 찢다가

　　울컥울컥 피를 토했는데요

　　벚꽃만 피면

　　하얗게 질린 아줌마 얼굴이 떠올라요

　　창경궁이 창경원이었던

　　목구멍이 포도청이었던 그때 그 시절이요

벚꽃 지고

지하방 은영 엄마 마흔아홉에
늦둥이 가졌다고 황당해하더니
다섯 번째인지 일곱 번째인지
아니 아홉 번째인지도 모르겠다며
산부인과에 다녀왔다

아직 건재하다며 으스대는 남편에게
거두지도 못할 씨만 뿌리면 다냐고
짐승이라며 종주먹을 대더니
한밤중 벚나무에 기대앉아
소리 없이 운다

벚꽃 환한
달도 없는 칠흑 같은 밤
어두워서 환한 그늘 속

꽃 한번 피워보지 못한 채

목이 꺾인 꽃봉오리야

수챗구멍으로 빨려 들어간

몸이 빨간 아가야

우물

신작로로 통하는 길
마을 복판 공동 우물에
벌거벗은 서울 소녀 서 있다

막 솟아오르기 시작한 젖멍울과
국부를 가린 손
막무가내로 끌어 내려지고
희디흰 등에 찍히는 벌건 손자국

검게 그을린 사내아이들
서로 밀치고 밀리며 키득거리고
수치심에 소리조차 내지 못하는
소녀의 젖은 울음

방학 때면 입 하나 덜자고 내려보내는

서울 형님에 대한 분풀이라는 것은

이미 동네 사람들 다 아는 이야기인데

그래도 올 방학도 꽉 채워야 하는

우물에 빠진 입[口]

미친 여자

도랑 경계선을 따라
비행기를 타던 여자
퉁퉁 불은 젖을
도랑에 엎어져 쥐어짜고 있다.
— 아가야, 아가야

훈장

눈 오는 날,

기계음만 졸고 있는 작업장

완제품 거둬들이던 QA

눈 온다, 눈

귀엣말이 후렴처럼 작업장을 돌고

소녀들 손놀림 빨라진다

걷다가 뛰다가 날아오른다

야식 시간까지 어림없다는 듯

눈 부라리는 슈퍼바이저

새벽 2시 차임벨 울리자

식당을 뒤로하고 밖으로 뛰쳐나가는

어린 나비 떼

한 떼의 나비 떼에 놀랐는가

눈발, 거세지고

달도 없는 섣달그믐 날

캄캄해서 환한 운동장
잠시 고향 잊은 소녀들
신명 난 굿판 벌어졌다

산업훈장
이른 새벽, 아니면 늦은 밤
철교의 비명을 자장가 삼는 출퇴근길
가로등, 눈부시다
어느 날은 목을 꺾고 곤드레 되다가
어느 날은 라이프 잡지를 눈 아프게 바라보다가
프 리 드 리 히 빌 헬 름 니 체를
또박또박 발음해보다가
강바닥에 처박힌 아픈 별을 세어보다가
'쨍하고 해 뜰 날' 불러보다가
메타세쿼이아 숲길처럼 뻗어 있는 손길

생산량은 생산량에 지고
지문은 지문에 닳고
스타카토로 이어지는 삼교대
제2한강교 가로등 달빛에 졸고 있다

사랑 또는 순정
사랑을 해야지
사랑을 해야지
사랑을 해야지
신데렐라를 꿈꾸며
애인 만나러 갈 땐 예쁜 구두를 신어
눈썹도 가지런히 뽑고
밤샘 작업 틈틈이 쌍꺼풀도 열심히 만들어
비주얼이라는 말만 들어도
가슴이 내려앉아 나는야

비주얼 라인 소속
남편은 몰라
자식도 몰라
내가 공순이었다는 걸
그래도 나는 한때
이 땅의 산업 전사
푸른 꿈 대신 아침 이슬을 먹고 살았지

오래된 풍경 하나

빨랫줄에 덜 마른 코다리 한 코 걸어놓고
베란다 열 때마다 덕장의 비릿한 냄새
대관령을 향해 쏜살같이 줄달음쳐
황태의 꿈을 꾸는 저 대가리들
바다를 향해 동공 열려 있다

가게 문 닫아걸고 밤샘 바느질에
엄지손가락 귀퉁이 절구옹이 패여
핏발 선 눈에 명태처럼 말라가던
열여섯 살 시다 명순이
고향이 거진항이었던가
빨랫줄에 걸린 황태를 향한
명순의 눈, 항상 짠 바닷바람 출렁거려

두 달 치 월급 가불해 명절 쇠러 간 지 일주일

돌아오지 않는 명순을 찾아간 저물녘 덕장
예로부터 지금까지 늘 그 자리 그렇게 서 있었을 것
같은
명순과 중학교에 입학한다는 남동생
죄송하다며 머리 조아리는 어머니
모래 주름 잡힌 어머니 굽은 등 뒤
검푸른 파도 넘실거려

나는 아무 말 못하고 떠밀려 왔다

겨울 국화

지하철역 근처 지나다
잉어와 붕어가
익어가는 냄새에 발길 멈추고
주머니 속 잔돈 잘그락거리며
잉어를 잡을까 붕어를 잡을까 망설이다가

한 골목 지나치는데
눈보라 속 국화꽃 피었다

반가운 손으로 잔돈 내밀어
받아든 국화 일곱 송이
어두컴컴한 골목 들어와
한 입 베어 물자
물컹, 주르르 쏟아지는
서러운 마음

매월 10일은
아버지 연금 타는 날,
서러운 기억 외면하려
국화 한 입 베어 물자
아버지 살 베어 먹인 듯
어머니 쓸쓸히 웃고 계시네
그렁그렁 웃고 계시네

아버지는 한 달에 한 번
국화빵으로 오셨다

가족 유통기한

몇 년 전부터 무슨 연유인지 어머니가 그립지 않다
돌아가신 지 십 년이 훌쩍 넘어 그런가
그렇게 애달피 그리던 어머니가
생전 모습보다 화장장에서 본 뼛조각들로만 기억된다
이젠 이 세상에 없고
아무 기별 없다고
어머니 어디 있냐고 자꾸만 내게 되묻는다

두 달 전부터 어머니가 꿈에 보인다
이른 새벽, 백자 같은 한복 떨쳐입고
일가친척들과 함께
이제는 남보다 보기 힘든
형제들과 조카들까지 다 모아놓고
끝없이 펼쳐진 음식 앞에 서서
어머니, 환하게 웃고 있다

우리 어렸을 때는
누룽지 한 조각 끓이고 끓여
양껏 늘려 나눠 먹었는데
각자 솔가를 이뤄 나눔은 멀어지고
만남도 느려지고
모두의 관심이었던 형제 안위도 점점 흐려져
자신의 둥지만 생각하게 된 지금

안타까웠나 보다
사랑하는 내 새끼들
오순도순 모아놓고
한상 차려 먹이고 싶었나 보다
명절 다가오니
온갖 솜씨 부려 우리 부르고 싶었나 보다

섣달 그믐밤

그믐달 타고 오시려나

정월 초하루 신새벽

초승달 타고 오시려나

꽃다발을 버리며

딸아이가 수녀원에 가기 전
졸업 연주회 무대에서 받았던 안개 꽃다발

현관 앞 거울 위에 고이 올려놓고
들며 날며
딸 보듯 아껴 보았는데
무심코 들인 봄바람에
마른 꽃들 우수수 떨어져 내려

색 고운 드레스 마다하고
하필 하얀 드레스만 좋아하더니
구도자의 길 떠나며
버리고 간 네 욕심처럼
거울에 비친 누렇게 뜬 안개 꽃다발

꽃을 버리는 것이
너를 버리는 것이기야 하련만
너를 향한 내 마음부터 비우려
꽃다발을 버린다

그리움

내가 걸어 들어간 길

어느 결에

동지 밤 함박눈처럼 쌓여

다시 걸어 나오는 길

푹푹 빠지네

3부

나는 몸으로
가장 감명 깊은 인생을 살았어

휴가

악천후로
울릉도에 갇힌 지 일주일째
예기치 않은 휴가로 바다에 앉아
해종일 물거울을 들여다본다
바닷속 환히 보이는 따개비 물미역
손만 내밀면 잡힐 것 같아
거짓부렁 수심에 풍덩 속고만 싶어라
내가 나에게 속듯

하릴없이 거북 등에 업혀 가
수경궁의 멋진 왕자님과
짧은 연애라도 하고파라
거짓부렁 연애인들 어떠리
내 몸의 주인이 나라고 우긴 것처럼
이 몸 용궁마마 것이오이다

우겨보리라

몸뚱어리 물거울에 담아놓자
눈 코 입 얼굴이 제멋대로
찌그러졌다 일그러졌다
성난 파도에 조각조각 흩어진다
바다는 파도에 갇혀 떠나지 못하고
수경호에 갇힌 나는 그 파도를 다 맞고 있다
부서지고 흩어지며

기일(忌日)

엄마의 첫 번째 기일

소파에 잠시 쪽잠 들었는데
다독다독 가슴 토닥이는
담뱃진 밴 시큼한 냄새

비몽사몽 눈 뜨니
거실장 유리에 비친
엄마 닮은 젊은 여자

상흔

수해 지역 비참한 뉴스를 보다
우리가 살던 옛 동네 이름에 벌떡 일어섰다

지붕으로 쏟아져 내리는 비와
방으로 들이치는 비를 정신없이 퍼내다
오 남매 책 보따리를 이고
허벅지까지 들어찬 장대비 속을 뚫고
정신없이 산으로 뛰시던 어머니

나는 갑자기 들이닥친 그리움을
퍼낼 길 없어
기침을 해대고
장대비 속에 벌벌 떨고 서 있다

꿈
— 부메랑

물이 끓기 시작했다
삐삐 울어대는 주전자
뚜껑을 열고 고춧가루 한 스푼 집어넣자
우루루 올라오는 붉은 거품

문을 나서는 남자의 뒤통수에 주전자를 던졌다
문은 쾅 닫히고
손등 위 붉은 거품 쏟아졌다
이 상처는 오래갈 것이다

나쁜 꿈이다

궂은 날

연골 다 닳아
절룩이며 걷는 내 앞을
구부정한 이 걸어간다

친정에 가면 아구구구
비명을 앞세우고
나를 맞이하던 엄마

오늘은 내 무릎 베고 우시네
빗소리도 하염없이 우시네

몽유(夢遊) 랩

1

더워서 잠이 깼어.

수면 바지와 스웨터를 입고 잤기 때문이야.

수면 바지를 엉덩이 밑으로 내리고 이불을 제친 다음 스웨터를 가슴 위로 올렸어.

시원하네, 시원해.

수면 이불을 반만 덮었어.

방심하면 감기에 들지도 모르기 때문이야.

언제부터인가 나는 겹겹이 옷을 입고 잔다.

몸속에 찬바람이 굴러다니는 느낌.

수면 바지와 스웨터를 입고 양말을 신고 따뜻한 차로 속을 데운 다음 수면 이불을 덮고 잠자리에 든다.

안 그러면 잠들지 못할 뿐 아니라 불면으로 밤을 새워야 하기 때문이지.

2

나는 계단을 내려갔어.

몽롱한 채로, 깨어나지 않으려고 노력하면서, 계단을 헛디디면 큰일이야.

계단에서 굴러떨어지면 이 꿈은 끝장.

나의 의식이 잠에서 나오지 못하게 느슨하게 정신을 놓으면서.

그런데 꿈은 아냐.

현실도 아냐.

혀끝에 통증이 오네.

어제는 오랜만에 친구들과 만나 종일 수다를 떨었지.

3

아래층에서 어머니가 뭔가를 하다 당황한다.

— 어, 밥이 없다, 네 밥은 없어.

어머니가 언제 살아오셨지?

계단 밑 흰 보자기 들추니 커다란 국그릇에 흰 쌀밥이 고봉으로 담겼네.

당황한 어머니가 횡설수설하는 사이 나는 현관을 빠져나갔어.

어머니가 왜 저러지? 저승에서 배가 고픈가?

경사진 푸른 정원을 귀신의 다리로 걸어 나간다.

나는 아직 꿈속이야.

사람들이 보이지 않아.

희미한 안개가 온 세상을 덮었네.

아니, 내가 눈을 게슴츠레 떠서 그렇게 보이는지도 몰라.

4

그분이 나를 보아야 할 텐데.

기진해 잔디에 누웠어.

춥다. 춥다. 춥다.

습기가 몸속을 파고드네.

몸이 둥둥 뜬다. 둥둥 두둥둥.

떨어지면 안 돼.

누워서 최대한 잠을 깨지 않으려고 노력해봐.

몽롱한 채로.

떨면 안 돼.

온기를 유지하려고 몸을 만다. 만다. 도르르르.

5

나는 반팔에 반바지, 지금은 겨울.

멀리 앞집 장독대가 보여.

지붕 위엔 웬 남자가 안테나를 손보다가 나를 내려다보네.

남자의 얼굴이 오버랩되고 나는 눈을 감아.

남자가 뭐라고 소리를 지른다.

메아리처럼 멀리에서 들려온다.

나는 의식을 놓으려 온몸의 긴장을 최대한 푼다.

내 몸이 들린다.

꿈과 현실 중간에 떠 있네.

그분이 나를 안는다.

비탈진 정원이 아무르의 언덕처럼 흘러내리고.

6

여기는 세상이 아니다.

구름과 하늘 사이.

가벼운 솜베개를 들듯 나를 안아 든 그분의 걱정스러운 입김이 내 볼에 입술에 솜사탕처럼 내려앉아.

기분 좋은 무취의 향기, 나는 죽어간다.

내 몸은 늘어지고 그분은 내 몸을 가슴 쪽으로 당겨 안아.

나는 몽롱하다.

행복한 순간, 정신을 놓치면 안 돼!

이렇게 죽어가는 거야. 죽음은 양털구름처럼 나를 안아 올려.

계단을 오른다.

계단이 끝나지 않았으면, 제발!

계단이 끝나기 전에 난 의식을 버려야 해.

7

일어날 수가 없다.

지금 일어나 쓰지 않으면 또 하얗게 잊어버릴지 모른다.

일어나야지. 일어나야지.

꿈을 계속해봐.

더 긴 꿈은 기억할 수 없을 거야. 일어나, 어서.

나와 내가 싸운다.

나는 눈을 게슴츠레 뜨고 서재로 간다.

몸을 굽혀 코드를 꽂고 하드를 작동시킨다.

자, 어서 잊기 전에 빨리.

그러나 꿈에서 깨어나지 않은 채로 써야 해.

자, 어디서부터 쓸까.

생각나는 대로 빨리 써.

조급해하면 안 돼.

순서는 나중에 정리하면 돼.

문장이 꿈속에서 풀어져야 해.

8

다시 눈을 감는다.

흐릿한 안개 속처럼 자판을 더듬어.

서두르지 마라. 한 번에 날아갈 수도 있으니까.

자판을 한 칸씩 밀려 쳐서 뜻 모를 암호가 가득하네.

에이, 씨팔.

아냐 진정해, 할 수 있어.

기억의 날실을 천천히 잡아당기자 한꺼번에 풀리네, 아싸.

좀 더 천천히, 천천히. 긴장한 손가락.

변의를 강하게 느껴.

목구멍에 가래가 끓어.

제길, 좀 참자고.

눈을 반쯤 감고 화장실로 가.

바지를 벗고 크게 한 덩어리. 급하게 뚝 끊고.

하필 지금, 쯧쯧.

가래침도 탁 뱉고.

조금 남은 변의와 목구멍의 불편함을 참아, 참아, 참자고.

9

아, 이제 써야 해, 써야 한다고.

받아 적어야 해.

나의 마지막을 남겨야 해.

매일 밤 꿈을 꾸면서 아침이면 날아가 버리는 일이 이젠 없었으면 좋겠어.

내 인생은 몇 조각 꿈으로 조각나고.

나는 몸으로 가장 감명 깊은 인생을 살았어.

지금 쓴 것은 지금 일이고 어제의 일.

웅성거리던 한 무리의 사람들.

한 무리의 사람들 떠나고

나는 외투를 걸치려다 그냥 누워버렸어.

무슨 생각을 한참 한 것 같은데 아무것도 기억에 없네.

그분이 방으로 들어왔어.

요를 깔고 나를 안아 뉜 다음 이불을 꺼내 덮어줬어.

그리고 잠들었어.

나는 기절하고 싶었고 기절한 듯이 잠들었어.

나는 잠들었으나 다 느낄 수 있었어.

모든 일은 너무 조용하고 물 흐르듯 진행됐어.

간질거리는 코를 풀고 이제 여기서 끝내.

꿈이 다시 나를 찾아와 불러줄 때까지.

질긴 生

혼자 사는 사람을 적막하게 하는 것은 세끼 밥때다
반찬 꺼내는 것도 귀찮아 냉면을 삶았다
냉면 한 젓가락 집어 올리는데 면발,
끝없이 따라 올라온다
면발을 입에 문 채 뱉지도 삼키지도 못하고
가위로 뭉텅뭉텅 자르는데
목에 걸린 면발
똑 나 닮았다
시골에서 혼자 살림 살면서
병들고 지친 육신 놓고
밤새 목숨 가지고 줄다리기한 적 있다
점점 심해지는 심장 통증으로 환해지는
저승 문턱 앞에서
죽고 싶다던 마음과
통증 사이에서 줄다리기를 하다

119를 불렀다

목에 걸린 냉면 발처럼

끊어질 듯 잡고 늘어지는

질긴 숨통

한 생을 접는 것이 쉽지가 않다

잠든 듯 평안하게 미소 짓고 떠난다는 것은

얼마나 거룩한 일인가

그렇게 해도 될 만큼 살지 못해

아직도 명줄은 나를 놓아주지 않는다

한식날

엄마 젖가슴에서

젖이 쏟아지는 꿈을 꾸었다

꿈 깨고도

한참

젖이 돈다

덤으로 사는

회갑(回甲)에는
오래된 울음을 지울 수 있다죠?

죽도록 아프고 나면
비 갠 날 아침 은사시나무에 비치는 햇살처럼
개운할 때가 있습니다
가끔은 끝이라고 생각될 때
또 다른 시작이기도 하지요

내가 내 한생을 그토록 지겨워한 것은
죽도록 나를 사랑했다는 말
아직도 나를 죽도록 사랑한다는 말

이른 새벽 아파트 계단을 광나게 닦으며
나는 새로운 아침 앞에 겸허히 머리 숙입니다

토닥토닥 두드리는 햇살에 머리 조아립니다
새벽을 여는 수험생과 아버지
모든 살아 있는 것들을 향해
조용히 삼종기도*를 올립니다

기도는 부메랑
내 가슴에 사랑으로 차곡차곡 쌓여요
당신 앞에 무릎 꿇고 웅얼웅얼
새로운 울음을 기워봅니다

* 하루에 세 번, 천사 가브리엘이 성모마리아에게 알려준 예수의 잉태와 강생(降生)의 신비를 기념하기 위하여 바치는 기도.

4부

아무렴 단풍만 한
아름다움이 있으랴

낙엽당

가을이라고 공원 벤치에 나란히 앉아 있는 저 녀석들
바람이 부르는 대로
쓸려 다니다 끌려다니다 밀려다니다
마른 체온 비벼댄다
혈맥을 타고 흐르던 온기 더는 남은 것 없어
죽을 목숨,
마지막 아우성 버석거린다
지천에 떨어져 뒹구는 오리나무 은행나무 은사시나무 잎들
떨어진 마음 모아 노숙당(露宿黨) 하나 창당해볼까
당원은 얼마든지 모을 수 있을 터
이 가을 다 가기 전에
아주 죽기 전에
바람 부는 공원
빈 벤치에 앉은 그대들이여!

땅바닥에 쪼그려 앉은 민생들이여!

죽어서 환한 노숙(露宿)이여!

나이

언제쯤부터인가

나를 불러 세워놓고

자꾸만 이거저거 따지네

독거노인의 자화상 1

— 황홀한 순간

그녀는 매일 집을 나선다
그녀가 집을 나설 수 있음은
지하철이 공짜이기 때문이다

지하철을 타기 위해
역으로 걸어가는 길
그녀의 운동시간, 삼십 분

종각에서 내려
종로서점에 들어서는
그녀의 얼굴
웃음, 번진다

잔칫집 메뉴처럼 휘황찬란한 책들을 둘러보며
어디로 갈지 잠시 망설이다

베스트셀러 매대 앞에 선다

계획이 다 있었던 남자, 봉준호

책을 4분의 3쯤 읽을 즈음
서점 안, 음식 냄새 진해져
집에 갈지
늦은 점심을 사 먹고 책을 더 볼지 고민한다

아니다
내일도 시간은 많으니
수급자 주제에 헛돈 쓰지 말자

공짜 지하철을 타고 성신여대 역에서 내려
미아리고개 영험한 점집들을 지나 현관문을 열자

마자

허겁지겁 시래깃국에 밥 말아

푹푹 퍼먹는다

오후 3시 반

슬슬 TV 소리 멀어지는 식곤증

독거노인의 자화상 2

— 아무것도 하지 않는 날

하루에 시계를 몇 번이나 볼까
밥시간 맞추기 위해
세 번이면 되겠다 싶지만
끼니때 맞추기 위해
수시로 벽을 본다

끼니와 끼니 사이
살짝 채소라도
아님 간단한 토스트 반쪽이라도
끼워 넣으려고
또 벽을 본다

소일거리 없어
종일 켜둔
TV 속 먹방으로

빈속 울렁거리면
냉수만 벌컥벌컥

말할 상대도 없어
먹자 할 것도 없어
물 한 병 다 마시고
배 속이 출렁,
배 떴다

가자
요단강으로

독거노인의 자화상 3

— 외로움도 동무여라

아침 9시 창문과 현관문 열고
환기 시작
코로나 팬데믹으로 생긴 버릇이다
그건 핑계고 수다의 문 개방

앞집 주인 할머니
현관문 열면
밤새 안부부터 묻고
나는 잠이 안 와 라면 먹은 얘기
주인집 할머니는 새벽 2시 수면제 먹은 이야기

그래 그래, 맞아 맞아, 잘했어 잘했어
그래도 할 수 없지, 로 끝나는 문안 인사
부스스한 아침이다

어젯밤 연속극에
밤새 늘어난 코로나19 확진자 소식까지
맞장구에 장단까지 맞추며
따끈한 우엉 차 한 잔,
홀짝홀짝 마시고 나면 오전 수다 끝

은밀한 손짓에 불려 들어가
옆집 옥상에 핀 새빨간 양귀비꽃
활짝 폈다 오므리는 손말로
주인집 할머니에게 털어놓는 비밀
저게 아편이쟈?
요즘은 아편 아니고 화훼용으로 키워요
여덟 번쯤 말했지만 주인 할머니는 절대 인정하지
않고

어제 꾼 꿈속 이야기와
뉴스를 한참에 모아 휘 돌리고 나면
심심한 몸 일으켜
자 언니는 차차차 저는 콩밭 매는 아낙네
그대로 개운산으로 갑시다

산책 길에서
동네 토박이 주인 할머니는
만나는 사람마다 인사하느라
자꾸만 걸음 멈추고
같이 또는 혼자, 체력 단련 끝

하루의 반을 버리고 나면
훨씬 가벼운 마음으로
재래시장 들러

천 원에 한 보따리 식재료 사 들고 와
냉장고를 채운다

저녁 9시
현관문 닫고
달콤쌉쌀한 저녁 드라마로 직행

오늘 밤도
나는 야식으로
주인 할머니는 수면제로
짠짠 짠짠짠
슬로 슬로 퀵퀵

독거노인의 자화상 4

— 비 오는 날

비가 나를 부른다
촉촉하게 속삭이는 빗소리
봄비답다
무임승차 카드 하나 들고 무조건 나선다

이런 날은
운길산 자전거 카페가 딱
벽에 자전거가 걸려 있고
수수한 여사장의 목단처럼 푸짐한 미소가 있는
남한강과 북한강이 만나는 곳

엄마 돌아가시고 친정 갔다 오는 길
지하철 차창 밖, 물길과 아치 다리에 홀려
무조건 내렸던 운길산역

초겨울 갈대 바람 맞으며
엄마와의 추억 시
〈수제비달〉도 썼는데
엄마 산소는 가지 않고
운길산역으로 간다

나 죽으면 엄마랑 같이 살 거라
다시는 헤어지지 않을 거라

운길산은 살아 몇 번이나 더 갈까 싶어
비만 오면 달려간다

강과 갈대 바람과
나의 쓸쓸한 외투와
카모마일 향기 그윽한

엄마와의 추억을 시로 쓰던

나 홀로 병든 마음 호사하러 가는 곳

독거노인의 자화상 5

— 재난 지원금

낙원상가 떡집들 지나 인사동
골목마다 진열된 옷 구경
내가 좋아하는 개량한복 전문점에 걸린
겹으로 만든 조끼 두루마기
안과 밖, 색이 다르다

얌전한 매듭단추에 자르르 흐르는 촉감
청색과 회색의 파스텔 톤 옷감이
흐린 날의 수채화처럼 서로 얼비쳐
이 정도 옷이면 입어보나 마나다

100만 원 웃도는 태그 슬쩍 보고 돌아서자
점원이 계산기 들고 달려든다
20프로 할인해서 88만 원에 드려요

입어봤으니 됐다
옷에 대한 욕심 내려놓고
잠시 거울 보고 웃어주고
눈감고 마음 떠나보낸다

캐릭터 매장에 들려
손녀들 줄 간식 한 보따리 사고
얼마 전 감기로 한 달 고생한 딸내미
홍삼 한 박스 사서 부치고

핸드폰 열어 딸과 며느리에게 보내려고
사진 찍다가
아니다, 서프라이즈!
선물 중에 최고는
느닷없는 선물

주고 싶을 때 줄 수 있어

행복한 엄마, 할머니가 되어

한 달 내내 달달했던 아이쇼핑이 끝났다

독거노인의 자화상 6

— 혼술

혼자 살면서
저녁이 길다 싫어
시작한 맥주 한 캔

안주 없이도
쉽게 마실 수 있어 좋아
목마를 때, 더울 때
맥주 캔 따는 소리
치치치이 익 따닥

한 모금 벌컥 마시고
내뱉을 때의
캬아아 아
청량한 소리

비밀은 아닌데

250cc 스몰 사이즈

한 캔에 950냥

E마트에만 있던데

독한 보드카 먹을 때

엄지손가락에 뿌려

핥아 먹는 소금처럼

맥주 마시기 전에

고추장 새끼손가락으로

십 원짜리 동전만큼 찍어

맥주 한 모금에

고추장 야금야금 빨아 먹다가

맥주로 양치도 겸해서 좋아

따악! 좋아!

독거노인의 자화상 7

— 어린이날 선물

재난 지원금으로 풍성해진 마음
크게 먹고 한우 등심 한 근 사고
양이 적다 싶어 채끝살도 한 근 사고
피자도 한 판 사고
쌍둥이 손녀딸에게 쓴 편지에
간 크게 5만 원 현찰도 촌지에 담고
다섯 달 만에 만나는 강아지들 얼마나 컸을까
지난 4월 인사동 가서
캐릭터 과자랑 젤리
미리 한 보따리 사서 담은 가방에
편지 봉투를 넣다가 도로 꺼내
머리 긴 큰손녀의 리본
단발머리 작은손녀의 색색이 고무줄
편지가 바뀔까 두 번 세 번 확인하고
방문 손잡이에 걸어놓고

보고 또 본다

시계 초침과 함께 심장 소리 커져만 가는데

온다던 시간 지나 못 참고 마중 나가

골목 앞에서 딱 마주쳤네

할머니이

뛰어드는 큰손녀 번쩍 안고

둥개둥개

수줍게 선 작은손녀 손짓해 불러

양쪽에 두 손녀 안고 둥개둥개

신기하게 아픈 척추가 멀쩡하다

일곱 살 쌍둥이가 새털처럼 가볍다

어린이날이 어버이날이 되어

세상 부러울 것 없는 내 날

독거노인의 자화상 8

— 정기검진

당뇨에 발 걸린 채 13년
평창 살 때 우연히 들린 보건소에서
당뇨 전 단계라는 판정 받고
그동안 참 애 많이 썼다

당뇨병 전 단계에서
오다가다
전전긍긍 식단 꾸리며
늘 굶주리는 내 몸, 불쌍하다

석 달 죽어라 안 먹어
당화혈색소 6.0
오호라! 잠 못 이루는 밤
맥주 한 캔 더 먹었다고 미친 6.5

이래저래 배고픈 인생
먹고 싶은 건 많은데
먹으면 안 되는 건 왜 이렇게 많어?
실컷 먹고 죽고 싶어라

술 먹지 말라는데
홀로 밤은 너무 길어
쓸데없는 생각에 맥주 한 캔 마셨다고
아악! 도로 아미타불

독거노인의 자화상 9

— 산속 북 카페

비가 올똥 말똥 하는 날은
나도 나갈똥 말똥 망설이다가
우산 챙겨 들고
컴컴해지는 하늘 따라 길 나서 본다

어제는 수락산 갔으니
오늘은 개운산

노인 인구가 많은 성북구
산을 평평하니 돌기 쉽게 만들어
나 같은 늙은 관절 환자 산보하기 딱 좋다

개운스포츠센터 지나면
어린이숲체험장과 북 카페가 있다
동화책 사이 제법 두꺼운 인문서 끼어 있어

서너 페이지씩 읽다가
책을 가져올 수는 없어
갈 때마다 조금씩 읽고 온다

내가 놓아둔 자리 그대로 있는 책
개인 서고가 따로 없다 신나 했는데
아무리 찾아도 없네

까마귀 고기 먹은 노인네 정신
책 제목이 생각나지 않아
염병할
핸드폰으로 검색했었는데
뭐 한다고 검색 기록을 싸악 삭제해버렸네

경고

오늘부터 1일

책 안 갖다 놓으면 벼락 맞을 겨

내 두 눈 부릅뜨고 매일 찾아갈 겨

독거노인의 자화상 10
— 습관

음식 재료를 보면 그냥 지나치지 못한다
종가 맏며느리 버릇이 몸에 밴 탓

옛날엔 관혼상제에 돌잔치까지 음식을 집에서 해서
버섯도 박스째 사
채소 나물도 관으로 사
그걸 지지고 볶고 전을 부쳤지
전이며 나물이며 만두며 잡채는
일단 다라이로 하나씩 해야 직성이 풀리는

음식은 먹다 남아야 마음 편하지
돌아가는 손님 손에 뭐라도 하나 싸줘야 마음 편하지
설거지가 산처럼 쌓여도 어른들은 안방에서 수다 삼매경
며느리는 허리띠 졸라매고 몇 시간씩 헹구고 또 헹

구고

혼자 산 지 이십여 년인데
시장에 싼 찬거리 보면 그냥 못 지나
낑낑대며 사다 일을 벌인다

냉동고도 꽉 차
김치냉장고도 꽉 차
열한 식구 먹이느라 애쓴다는 앞집 할머니 농에
제 입이 일당 백이야요 허허 웃는다

외롭고 쓸쓸함 음식 냄새로라도 채우려는 건가?
1인 노인 가족
꽉 찬 냉장고마냥
목 밑 서러움, 꽉꽉 들어찬다

이것도 병이지

맥주 한 캔에 부추전 한 입 물고

의사가 술 마시지 말랬는데

천년만년 살 것도 아닌데 뭘!

도둑맞은 기억

새벽 2시,
자다가 소나기 소리에 깨어보니
주방 수도가 콸콸 쏟아지고 있다
싱크대에 하다 만 설거지 몇 개, 나뒹구는데
침대 귀퉁이에 웅크려 자고 있던 나

설거지를 하던 기억도
침대에 누운 기억도 없고
친구와 먹던 반찬
빈 밀폐 용기에 담던 기억만 있는데
반찬 통이 없다

친구 배웅한 기억과
반찬 담고 설거지를 시작했던가?
흐린 영상 속에

사라져버린 기억
물을 틀어놓고 설거지를 하다 잠을?

심란한 마음에 이 친구 저 친구에게 털어놓으니
먹어버린 거 아니냐? (고기까지 푸짐히 먹어 배가 넘 불렀다)
친구 싸준 거 아니냐? (먹던 반찬을?)
혹자는 친구가 물이나 차에 약 탄 거 아니냐? (생사람 잡겠다)

없어진 물건이라곤 먹다 남은 반찬과 대봉감 하나
추리에 추리를 엮어도 해결될 기미 없어
결국 문 안 잠그는 내 버릇 탓으로
친구에게 지청구를 듣고
생각해보니 나는 잘 때도 문 잠그는 걸 잊을 때가

많다

사람이 반가운 내 습관으로
평생 문 잠그는 버릇, 들일 수 없는 건
문 잠그면 내 마음 잠그는 것 같아
내 마음에 벽 치는 것 같아
애먼 도둑 잡지 말고
문 잠가야 할까 보다

캄캄한 기억보다 잠긴 문밖의 할머니가 생각나
살그머니 걸쇠를 푼다

단순한 것이 아름답다

분위기 잡는다고 꺼낸
묵은 크리스털잔 하나
문양 따라 찌든 때
뜨거운 물에 불려 수세미질 해도
골골이 낀 땟자국
지워지지 않아
찬장 구석에 처박힌
문양 없는 유리잔
헹굼질 한 번에 반짝반짝
하늘을 채우니 하늘색
구름을 채우니 구름색

자연스레 스며 곱다

거울 속 얼룩덜룩 내 얼굴

싹싹 지우고 나니

눈가의 주름, 주근깨

정겹다

꽃보다 단풍

모처럼 학교 도서관에서 시집 몇 권 빌려
중앙 분수대를 지나는데 가을비 내린다
신발 위,
노랑 빨강 잎사귀들 떨어져 내려
잠시 발길 멈추고 나뭇잎 체온에 발등
화끈하다
죽어가면서도 불 지르는 뜨거운 열정
차곡차곡 수첩에 끼우며
찬란한 빛들의 문자 받아 적는데
검버섯 핀 손에 들린 수첩과 몽당연필
수첩 밖으로 삐져나온 단풍들을
힐끔거리는 꽃다운 학생들
도서관 드나드는 초로의 문학도여
기죽지 마라
아무렴 단풍만 한 아름다움이 있으랴

꽃보다 단풍이여!

5부

목숨은 목숨을 딛고 살아가고

소설목(小雪木)

새까만 전깃줄에
밤새 쌓인 하얀 눈
개미다리로 서로를 버티고 있다

다리 사이로 산바람
조심조심 드나드는데
참새 쪼르르 날아올라
하얀 종다리
산들산들 흔들리는데
한 울음 쏟아낸 하늘
밤새 높아져
아침 해, 쨍하고 떴다

전깃줄 밑으로 뿌리 내리던
고드름 씨 영글다 말고

그여, 톡.

떨어진다

고백

4·19

이화장 살 때

그때는 서울대 법대가 혜화동에 있었다

그 오빠는 피를 흘리며 들어섰다

어머니는 똥을 퍼서 핏자국에 붓고

언니는 그 위에 흙을 붓고

나는 트위스트로 흙을 비비고

문간방 영이는 망을 봤다

경찰이 들이닥치자

어머니는 수돗가에서 걸레를 빨고

우리는 열나게 고무줄놀이하며 노래를 부르고

경찰은 변소를 점검하려다

똥 냄새에 질겁하고 가버렸다

어머니는 이불 홑청 뜯어
총알이 스쳐간 그 오빠 상처를 싸매주고
일주일 동안 우리 집에 머물던 그 오빠
큰 은혜 잊지 않겠다는 쪽지 한 장과
종이 인형을 남기고 떠났다

나는 종이 인형을 가슴에 안고
어머니는 대문을 향해 오래오래 합장했다

오랜 후, 검은 양복을 입은 검사 청년이
과일 바구니를 들고 찾아왔다
어머니는 내내 고맙다 고맙다
청년의 등을 쓰다듬었다

새둥지

그의 이름은 후크 선장

건설 현장에서 안전모를 착용하지 않아 오른쪽 눈이 함몰되고 머리가 반쯤 벌어지는 사고로 언어장애와 지체장애가 된 그, 혼수상태에서 깨어났을 때 '살아도 사람 구실 하기는 글렀는데 보상금 까먹지 말고 치료 중단시키자' 어머니와 형의 숙덕거림 듣고 가족과 의절한 지 17년 지났다고. 그때부터 지금까지 떡국 한번 먹어보지 못했다는 그를 정월 초하루에 초대했다. 다른 음식은 손도 대지 않고 떡국만 두 그릇 먹은 그에게 그래도 살았을 제 어머니 찾아보라 긴 설득했다. 3년 전 돌아가셨다는 소식 듣더니 '누부야, 내가 나쁜 놈일까요?' 쉰 넘은 사내가 엉엉 울더니 닉네임을 '하늘도 버린 나'로 바꾸고 소식 뜸하다가 두릅 한 박스에 쪽지 한 장 날아들었다.

— 누부야, 유방암 걸린 여자 여덟 시간씩 뜸 떠주고

같이 살아요

이놈아가 나를 좋아한다더니 바람이 났구먼

약초와 뜸으로 기적적으로 암이 치유됐다며
결혼 소식 알려와 달려가 보니
순간순간 목숨을 벼려본 사람 같지 않게
그들의 모습은 둥글고 수줍고 환했다
그의 새 닉네임을 지어주었다.
새둥지

국군수도병원에서

고성 최전방에서 총기 오발 사건으로 뇌에 총알이 박혔다는 김일병 하루 세 번 석회 반죽 같은 환자식을 투입한 지 벌써 이 년째다 한눈에도 기골이 장대한 그가 한 번씩 잠에서 깨어나 헐크처럼 으아아 으허 괴상한 소리를 지르며 벌떡 일어나기도 하는데 그럴 때마다 건장한 위생병 네 명이 달려들어 제압하다가 따귀를 몇 대 갈긴다 신기하게도 따귀 몇 대를 맞고서야 스르르 무너져 눕는데 아직 빳빳하게 군기가 들어서 그렇단다

벌떡 일어나 괴성을 지르는 아들 앞에서

내가 온 줄 아나보다고

입이 하마만큼 벌어졌던 어머니

어머니 앞이라 차마 따귀 대신 진정제 주사로 누운 아들에게

한 번만 다시 일어나보라고

애원하다가

때리다가

울다가

……가셨다

김일병도 뚜벅뚜벅 어머니를 따라나섰다

아름다운 세상

삼선교 몽블랑 빵집 뒷골목
구불거리는 골목 한참 올라가
쓰러져가는 이층집 사랑의 선교회*
선교회 사람들은 이층집보다
더 기울어져 산다

아브라함 할아버지 기어서
누워만 계시는 야고보 아저씨에게 밥을 먹인다
야고보 아저씨 입 활짝 열렸다
몸도 활짝 열렸다
안젤라 아줌마 반찬 통 들고 와
고기반찬 더 얹어주며
콧소리 섞인 스타카토로 '남기면 점심 없어'
목발 스텝에 방 안,
웃음 번진다

부족한 사람이 모이면 다 괜찮다

손이 없으면 발로

발이 없으면 입으로

서로의 손과 발과 입이 되어

'너희가 가장 보잘것없는 사람에게 한 것이 곧 내게 한 것'이라는

말씀을 몸짓으로 사는 집

그곳이 천국이다

* 빈민 구제를 위해 마더 테레사가 설립한 자선단체.

계촌 할머니

복지사를 따라나섰다

강원도 산허리 감아
돌고 돌아 계촌 다리 밑
할머니 집
메주 내 살짝 풍기는 방바닥에
산나물 하나, 밥 한 공기, 숟가락 한 개

산골짝마다 굽이쳐 돌던
산바람 세월이
할머니 목에 휘감겼나
목주름 두툼하니 깊기도 하다
허둥허둥 방 안을 도는
할머니 손을 잡고
나물 비빔밥 밥통에 비벼 끼고 앉아

할머니의 미안함을 달게 먹는다

새끼손가락 쇠굽처럼 굽고
마디마다 박힌 옹이
쩍 벌어진 다섯 갈퀴손
객지 나가 사는
벌써 회갑을 넘겼을 아들 끼니 걱정
밥 한 술에 한숨 한 술
— 벌이가 통 없어
아들 생각에 밥상 놓고
먹기 미안스러운 구순의 할머니

방바닥에 산나물 하나, 밥 한 공기, 숟가락 한 개

요양보호일기 1

— 기다리는 이름들

오늘은 성남 사기막골 산비탈 올라 92세 할머니를 만났다

내 이름은 덕이야 김 순 덕이
딸 둘에 아들 다섯이
다 잘됐어야 다 효자야
행여 누락된 이름 없나 고개 갸웃거리며
손가락 접다 모자라면 처음부터 다시 시작

— 경숙이 영숙이 재민이 수민이 성민이
— 영숙이 경숙이 그리고 성민이 재민이 수민이

다시

— 수민이 성민이 재민이 경숙이 영숙이 유민이

— 아! 창민이 창민이가 효자여, 나 밥도 해주구

할머니는 육십 먹은 노총각 막내아들, 창민이와 산다

신발장에 하얀 운동화 꺼내 막내딸이 추석에 사 왔다고
서른 번쯤 얘기하시고
이걸 언제 신고 나가보나 한숨 쉬시다가

울퉁불퉁 튀어나온 보랏빛 무릎 딛고
화장실 문턱에서 용을 쓴다
쫓아가 도우려니 정색으로 화내시며
— 문 닫아, 얼른!

변기 물소리, 철렁철렁

뒷물 중이신가 보다

화장실 바닥 기어 나오시는데

너른 바짓가랑이 사이로 호박꽃 피었다

요양보호일기 2

— 숨바꼭질

어둑한 태평오거리,

헐떡거리며 올라가는 할머니 뒷모습이 낯익다

할머니 손에 들린 허술한 보퉁이를 잡고

— 할머니 어디 가세요?

— 우리 집에 나 좀 데려다줘

— 어르신 숨 좀 고르시고요

잠시 언덕에 앉았는데

며느님 헐레벌떡 뒤쫓아 와 씩 웃는다

— 저 아줌마가 자꾸 나 쫓아와

손가락으로 내가 나를 가리키며

— 어르신 제가 누구예요?

— 몰라

— 어르신 며느리잖아요

— 아냐, 저 아줌마가 내 며느리야

잠시 가출했던 정신 제자리 돌아오고

말없이 숨 고르던 며느님 소리 없이 웃는다

환하고

화사하니

참 곱다

태평오거리엔 가끔

가출 할머니와 며느님이 숨바꼭질한다

요양보호일기 3

— 우두커니 세월

308호 이 할머니는 늘 웃는다

기저귀를 갈거나 옷을 갈아입힐 때도
시트를 교환할 때도
똑바로 누워 웃는다

늘 웃는데 눈가엔 눈물이 고여 있다

아들이 오면 눈을 꼭 감고
아들이 갈 때까지 눈을 뜨지 않는다
아드님 가셨어요 해도
한참 눈 뜨지 않는다

그럴 땐 입술이 앙 물려 있다

작정한 듯 밥을 거부하다가

억지로 밀어 넣은 밥이 넘어가면

울음을 터뜨린다

벌써 1년 6개월이 넘었다

움직일 수 없는 건지 움직이지 않는 건지

오늘도 아드님은 우두커니 서 있다 돌아갔다

요양보호일기 4

— 주전자 할머니

아침이면
노란 주전자 들고 동네 한 바퀴
낮에는
노란 주전자 들고 초등학교 한 바퀴
저녁 참엔
주전자가 찔끔찔끔 할머니를 끌고 간다

주전자를 들어드린다 했다가
면박을 당하고 할머니 뒤를 몰래 따라갔다
방과 부엌을 합쳐 두 평이나 될까
박스에 까맣게 썩은 고구마 몇 개
먹다 남은 짬밥엔 푸른곰팡이가 피었다
까만 봉지가 여기저기 널려 있다

고구마 잡숫고 싶다던 말씀 생각나

속 노란 고구마 노릇노릇 구워
두유 몇 갑 들고 갔다가
— 니들이 데려다 살 거냐?
아드님 고함에 꽁무니 빠지게 도망 나와

— 할머니 진짜 모셔올까
생각뿐인 생색을 내고

오늘도 할머니
기우는 까치발로
뒤뚱뒤뚱 아침 운동 나오셨다
언 손에 주전자 들고
— 그래도 매일 운동해서 이만해
걱정하지 말라고 손사래 치신다

참, 대단하시다!

요양보호일기 5

— 못 말리는 아들 사랑

할머니 입만 열면
며느리 흉
끝엔 우리 아들이 효자여

할머니 입만 열면
아구구구 다리야
끝엔 우리 아들이 효자여

할머니 입만 열면
나 배고파
끝엔 우리 아들이 효자여

효자 아들은 오늘도 술타령

화장실 전등 깨지고

약 떨어진 지 보름째
오늘은 골이 패서 죽겠다고
데굴데굴 구르다
우리 아들이 효자여

효자 아들 때문에 죽지도 못한다는 할머니

요양보호일기 6

— 당신이 다 옳다, 내가 틀렸다

흥왕리 김 어르신은 올해 93세, 경증 치매다

김 어르신, 파리채 들었다
오지 말라는데 왜 와?
들어서면서부터 핍박이다, 오늘도 순탄하긴 글렀다
휴가철이라 자손들이 자주 휴가 오는 요즘
딸들이나 손자들 다녀가고 나면 그 불똥이 내게 튄다
내가 밥해드리고 청소해줘서 자손들이 몰라라 한다 생각하신다
옳다

밥하지 마, 안 먹어!
안 먹는다는데 왜 해?
파리채가 허공을 긋고 땅바닥을 내리친다
어르신 시장하세요

의심 가득한 눈에 서릿발 들었다

배고프면 너네 집 가서 밥해 먹어 쌀 없어? 거지야?

나 배 안 고파(마음이 고프신 게지요 다 압니다)

니네 집 가서 해 먹어 없으면 굶어 죽어

다 옳으신 말씀

그런데요 제가 가면 어르신 밥은 청소는 목욕은 누가 해요?

청소, 밥, 내가 다해, 평생 했어

목욕 왜 해?

냄새나? 드러워?

드러우면 얼른 가버려

풍선을 불어 공놀이를 하자

니가 어린애냐?
쯔쯔 혀 차신다
실뜨기할까요?
실을 꺼내자
너 칠뜨끼야?
콧방귀에 기가 찬다는 듯 귀를 후빈다
그거 안 가려는 수작인 줄 다 안다는 듯

갑자기 은은한 눈빛으로 날 쳐다보다
목을 그으며
나 왜 안 죽어?
가슴을 콱 찌르며
콱 죽어야 돼
혀를 물고 눈을 까뒤집으며 나자빠지는 시늉을 하다
박장대소하는 김 어르신

웃음 끝에 눈가 짓무른다

장대비 쏟아지는데
파리채에 쫓겨나 추녀 끝에 섰다
우산을 내주며
쓰고 가, 비 맞으면 감기 걸려
저 잠깐 쉬었다 가면 안 될까요?
아니야 우산 줬잖아, 그냥 가!
전기밥솥 솥단지 꺼내 내팽개친다
어제 따님들과 손자 손녀가 다녀갔는데
방에 들어오지도 않고 창밖에 서서 손만 흔들고 가서
단단히 삐치셨다

골목마다 생긴 재가복지센터
가족들 숨통은 조금 트였는지 모르지만

정작 수혜자는 외로움에 병 깊어간다
식사 시간에나마 식구들과 잠깐씩 마주할 수 있었는데
그 시간마저 빼앗긴 어르신들의 노여움은
우울증과 함께 치매로 발전한다
뒷방에 가둬놓고 숨바꼭질하는 가족들
어르신 방 앞을 지날 때면 멀리 원을 그리고

어르신 말씀 다 옳다, 내가 틀렸다
세상이 틀렸다

안녕히 주무세요

호스피스 병동 첫 봉사 날
— 안녕하세요 라는 인사는
암 병동에서 하지 말라는 교육을 받았다
고르고 골라도 마땅한 인사말 생각나지 않아
무조건 병실 문 열고 들어가
슬며시 손부터 잡았다
조심스레 심장 쪽으로 부은 손등 쓸어 올리고
이불 속 퉁퉁 부은 발, 베개에 올려놓고
정강이 쪽으로 마사지하자
살과 살의 마찰로 체열(體熱) 오르며
소복하던 손등과 발등 부기 빠져 내려
껌벅이던 눈꺼풀 스르르 감긴다
어젯밤 통증으로 밤새웠을 환우
— 안녕히 주무세요
비로소 인사말 올리고 물러 나와

병실 문 앞,

태어나 제일 오래 큰 숨을 쉰다

속을 비우다

베란다에 목화씨 심었다
씨알 수대로 싹 올라왔다
떡잎 한쪽,
씨가 잎을 꽉 물고 있다

잎과 줄기 뿌리를 내느라
빈 깍지가 된 씨알
빈 깍지 떨어진 자리
줄기는 웃자라 잎이 넓어졌다

빈 깍지 같던 몸으로
죽음 앞두고도 자식 걱정에
가벼워 안기조차 민망했던
엄마

목숨은 목숨을 딛고 살아가고

온전히 내어주고

까맣게 타들어간 목화씨

엄마씨

이순 즈음

나는 이제 수틀을 펼쳐놓고
한 땀 한 땀 수를 놓아야 하리
내가 사랑하는 사람을 위해
나를 사랑했던 사람을 위해
한 땀 한 땀 수를 놓는 일은
작히 즐거운 일
슬쩍슬쩍 찌르는 바늘 끝에
푸릉푸릉 바람이 인다

편안치 못했던 사람들 위해
수 한 땀 놓으려 할 때
한참을 듣고 있는 이유는
사랑으로 이름 지어진
내 인연들보다 더 정성 들여
귀여겨듣기 위함이니

참으로 귀한 시간
손톱 밑에 피 한 방울
마음 제대로 주지 못한 보속이다

수틀의 뒤
어지러운 매듭 정리하듯
살아온 날들 동안
온전히 나를 주지 못한 마음의 매듭
저절로 뒤돌아보게 되는 이즈음

하늘 문지기

내가 문지기라면

행복한 사람에게는 이슬비를 뿌려줄 거야
행복에 오래오래 젖어 있으라고

기쁜 사람에게는 살랑거리는 봄바람
후우 불어줄 거야
기쁨에 들떠 훨훨 날아다니라고

외로운 사람에게는 따스한 봄빛 잔뜩 실어 보낼 거야
추운 마음 봄볕에 스르르 녹여버리라고

슬픈 사람에게는 소낙비 주룩주룩 퍼부어줄 거야
울고 싶은 만큼 맘껏 엉엉 울라고

화가 난 사람에게는 눈송이를 펑펑 내려줄 거야
봄눈은 봄볕에 금방 녹을 테니까

이제 내 마음에 문을 달 거야
마음대로 여닫는 희망처럼 아름다운 문
가슴 문패에 이렇게 써야지

주님 로사 왔어요

신년의 기도

나를 어제처럼 살게 하지 마시고
어제와 함께 살게 하소서
어제와 함께
내일의 걱정 대신
오늘 지금 여기에 집중하게 하소서

내게서 떠나는 것들이
조용히 문지방을 넘게 하시고
다가오는 것들을
가만히 받아 안게 하소서

어제도
오늘도
내일도
같은 무게로 살게 하소서

꿈이 다시 나를 찾아와 불러줄 때까지

1판 1쇄 발행일 2022년 5월 9일

지은이 이순자

발행인 김학원
발행처 (주)휴머니스트출판그룹
출판등록 제313-2007-000007호(2007년 1월 5일)
주소 (03991) 서울시 마포구 동교로23길 76(연남동)
전화 02-335-4422 **팩스** 02-334-3427
저자·독자 서비스 humanist@humanistbooks.com
홈페이지 www.humanistbooks.com
유튜브 youtube.com/user/humanistma **포스트** post.naver.com/hmcv
페이스북 facebook.com/hmcv2001 **인스타그램** @humanist_insta

편집주간 황서현 **기획** 이문경 **편집** 임미영 **디자인** 유주현 **일러스트** 정다은
조판 이희수 com. **용지** 화인페이퍼 **인쇄·제본** 정민문화사

ISBN 979-11-6080-848-3 04810